S

MW01046901

Le garçon qui rêvait d'être un héros

Illustrations
de Suzane Langlois

la courte échelle
Les éditions de la courte échelle inc.

Les éditions de la courte échelle inc.
5243, boul. Saint-Laurent
Montréal (Québec) H2T 1S4

Conception graphique:
Derome design inc.

Révision des textes:
Lise Duquette

Dépôt légal, 3ᵉ trimestre 1995
Bibliothèque nationale du Québec

Données de catalogage avant publication (Canada)

Trudel, Sylvain

    Le garçon qui rêvait d'être un héros

    (Premier Roman; PR45)

    ISBN: 2-89021-245-9

    I. Langlois, Suzane.   II. Titre.   III. Collection.

PS8589.R719E53 1995   jC843'.54   C95-940533-X
PS9589.R719E53 1995
PZ23.T78En 1995

Sylvain Trudel

Sylvain Trudel est né à Montréal en 1963. Après des études en sciences pures, il plonge littéralement dans l'écriture. C'est ainsi que naîtront trois romans et un recueil de nouvelles. Sylvain est un vrai amoureux de la nature! Son passe-temps favori, c'est la marche par grand soleil ou sous la pluie. Il aime voyager pour le plaisir de se dépayser et de découvrir d'autres univers, comme ce village inuit où il a vécu pendant un an.

En 1987, Sylvain a gagné le prix Canada-Suisse et le prix Molson de l'Académie des lettres du Québec pour son roman *Le souffle de l'harmattan*. Dernièrement, il recevait le prix Edgar-L'Espérance 1994 pour son recueil de nouvelles *Les prophètes*.

Le garçon qui rêvait d'être un héros est le deuxième roman qu'il publie à la courte échelle.

Suzane Langlois

Née en 1954, Suzane Langlois a étudié l'illustration et le graphisme à Hambourg, en Allemagne. Depuis, elle a illustré des pochettes de disques, des romans et des manuels scolaires pour différentes maisons d'édition du Québec, du Canada, d'Europe et même du Japon.

Aujourd'hui, Suzane se consacre à l'illustration et à l'animation. Le reste du temps, elle peint et elle danse. De plus, ces dernières années, elle s'est découvert une passion pour l'escrime et la voile. Elle adore voyager aux quatre coins du monde: c'est pour elle une source d'inspiration inépuisable!

Le garçon qui rêvait d'être un héros est le septième livre qu'elle illustre à la courte échelle.

Sylvain Trudel

Le garçon qui rêvait d'être un héros

Illustrations
de Suzane Langlois

la courte échelle

1
J'ai bien fait de naître

Je m'appelle Louis et souvent, je rêve de sauver le monde entier.

On ne s'en rend pas compte, mais il y a beaucoup de gens à sauver. Il y a les enfants perdus, les vagabonds, les personnes tristes, les bébés malades, les pauvres.

Parfois, le dimanche, mes oncles et mes tantes viennent nous visiter à la maison. Ils me demandent toujours:

— Qu'est-ce que tu aimerais faire, Ti-Louis, quand tu seras grand?

Ils voudraient que je réponde «astronaute», «pompier» ou «joueur de hockey», mais je ne parle pas. J'aimerais déclarer:

— Plus tard, je serai un héros.

Mais je me tais, parce que les grandes personnes ne prennent pas les héros au sérieux. Je l'ai avoué, une fois, et tout le monde a éclaté de rire. Depuis ce jour-là, je protège mon secret comme un petit bijou.

Ceux qui sauvent la Terre sont des héros. Tout le monde les aime, mais ils ont quand même des ennemis venus du cosmos.

Il en faut bien, des ennemis, parce que sans eux, il n'y aurait pas de combat. Et les héros aiment combattre. C'est leur vie!

Moi, comme tout le monde, j'ai des héros. Attention, il ne faut pas dire: «j'ai des zéros», mais bien «des héros». Si on prononce «des zéros», madame Lalonde nous met un vrai zéro.

Elle est sévère, madame Lalonde, mais elle ne se trompe jamais. C'est pour ça qu'elle est notre institutrice.

Moi, mon héros préféré, c'est le Justicier Volant. Il vole dans le ciel. Il est fort et gentil. Il sauve le monde entier tous les jeudis soir et les filles l'adorent. Il a même vaincu la Sauterelle Géante qui voulait manger la Terre!

Le Justicier Volant porte une cape rouge, un masque argenté et des bottes à réaction. Sa bague magique lui donne de la force et du courage. Quand il vole dans les nuages, sa cape devient incroyablement belle.

Parfois, le Justicier Volant se bat contre l'Homme de Lave.

Ce monstre vit dans les volcans et crache du feu sur les maisons. Une fois, le Justicier Volant a éteint l'Homme de Lave en lui lançant tout un océan.

La Chimère Maléfique aussi est une ennemie. Elle a des griffes de lion, une tête de crocodile, un corps de porc-épic et une queue de dragon.

Toutes sortes de bêtes terribles veulent la fin du monde: la Taupe Venimeuse, l'Araignée

Hurlante, la Pieuvre Électrique.
Et beaucoup d'autres encore!
Mais le Justicier Volant est là
pour nous sauver.

Le jeudi, je cours chez le marchand de journaux. J'achète ma

revue préférée: *Les Exploits du Justicier Volant*. Je suis toujours très nerveux et j'ai les mains moites. Quand j'ai enfin la revue, je la feuillette en tremblant.

Que se passera-t-il aujourd'hui? Qui attaquera la Terre? Le Justicier Volant nous sauvera-t-il?

Le soir, quand j'ai peur de la fin du monde, je souffle sur la vitre de ma chambre. Dans la buée, je dessine des galaxies. Je pense au Justicier Volant et j'ai moins peur. Puis, je regarde la ville illuminée et je me dis:

«Chaque lumière est une petite vie. Il faut protéger chacune de ces lumières.»

Je songe à mes parents qui dorment dans leur chambre. Et aussi à Josée et à Lucie, mes deux jeunes soeurs. Je suis sûr que des monstres veulent entrer dans notre maison.

Mais je protégerai ma famille. Je me battrai pour elle.

Ce soir, c'est le 24 novembre. Dehors, il fait noir et froid. Le vent siffle fort. On dirait des cris d'enfants perdus.

Je me cache sous mes couvertures. J'imagine que je vole dans le ciel comme un bolide lumineux. J'ai un masque argenté, des bottes à réaction, une bague magique et une cape rouge incroyablement belle.

Je deviens le Justicier Volant et je protège ma famille contre les monstres. J'ai pour mission de sauver ceux que j'aime.

J'ai bien fait de naître, un jour.

2
Dans un mois, Noël!

Ce matin, madame Lalonde nous a annoncé:

— Aujourd'hui, c'est le 25 novembre. Dans un mois, ce sera Noël...

Hourra! Des cris de joie ont retenti dans la classe! J'ai regardé Benoît, mon meilleur ami, et j'ai vu des étoiles dans ses yeux. Il souriait de toutes ses dents.

L'année dernière, Benoît aussi lisait *Les Exploits du Justicier Volant.* Mais maintenant, il préfère *Autocollant*, une revue de modèles réduits à coller.

Nous pensions tous à nos jouets préférés et ça nous excitait. Madame Lalonde nous a demandé de nous calmer, puis elle est devenue très sérieuse. On voyait qu'elle voulait nous parler d'une chose importante.

— Cette année, je vous propose de préparer des paniers de Noël pour les familles pauvres.

Il y a eu un silence dans la classe. Même Julie, qui est bavarde comme une pie, ne parlait plus. On pensait aux pauvres et à Noël qui approchait. On trouvait ça triste.

Les pauvres ont toujours de petits Noëls. Ce n'est vraiment pas juste.

— Qu'en pensez-vous?

On a tous répondu que c'était une très bonne idée. On fabriquerait de beaux paniers de Noël pour les pauvres. Eux aussi ont le droit d'avoir des cadeaux.

— C'est parfait, a conclu madame Lalonde. Maintenant, sortez vos cahiers et votre manuel de mathématiques.

On a fait des multiplications.

Pendant la récréation, on a parlé des pauvres et des petits Noëls. Notre amie Laurence nous a appris une chose tout à fait incroyable.

— Quand mon grand-père était petit, il ne recevait qu'une orange à Noël.

On a tous hurlé:
— Une orange! Rien que ça!
— Il n'y avait pas de modèles

réduits à coller? demanda Benoît.

— Mais non! répondit Laurence. C'était dans l'ancien temps.

Benoît avait l'air catastrophé. Il ne pouvait imaginer Noël sans ce modèle réduit de porte-avions qu'il avait vu au magasin. Il en rêvait même la nuit.

Puis, Benoît s'est tourné vers moi.

— Hé! J'ai vu le costume du Justicier Volant!

— Quoi? Le costume du Justicier Volant! Où ça? Où ça?

— Chez le marchand de jouets! Je l'ai vu hier soir et j'ai pensé à toi! Le vrai de vrai costume!

J'étais si heureux que j'ai failli perdre connaissance! Le vrai costume du Justicier Volant! Le cadeau de mes rêves!

De retour en classe, j'ai eu des problèmes de concentration toute la journée. Madame Lalonde m'a demandé:

— Combien font cinq fois trois?

— Huit.

Les élèves ont bien rigolé parce que la réponse est quinze. J'avais additionné au lieu de multiplier! Plus tard, pendant le cours de sciences naturelles, madame Lalonde m'a posé une autre question.

— Quel est le nom du petit mammifère presque aveugle qui creuse de longues galeries sous terre?

— La Taupe Venimeuse.

Tout le monde a ri, même madame Lalonde, ce qui est très

rare. Je ne pensais qu'aux aventures du Justicier Volant et je répondais des stupidités. Madame Lalonde m'a dit:

— J'espère que tu te reposeras pendant la fin de semaine...

Après l'école, j'ai couru chez le marchand de jouets. Mon coeur battait fort. Au tournant d'une allée, j'ai trouvé le vrai costume du Justicier Volant!

Tout y était: le masque argenté, les bottes à réaction, la bague magique et la cape rouge.

Je n'ai jamais eu si hâte à Noël!

3
Mon père
et la fin du monde

Ce soir, à la maison, il s'est produit un événement bizarre. Quand on s'est mis à table, on n'a eu que des pâtes alimentaires. Sans sauce. On fixait notre assiette sans bouger. Notre mère a relevé la tête:

— Vous ne mangez pas? Vous n'avez pas faim?

Mes soeurs et moi, on s'est regardés sans comprendre. Comme c'est moi le plus vieux, j'ai répondu:

— Mais maman... Nous attendons la sauce à la viande...

Des spaghettis sans sauce à la

viande, ce ne sont pas des spaghettis. Seulement des nouilles blanches et molles qui goûtent l'eau. Pour la première fois, nous n'avions pas de sauce.

De mauvaise humeur, mon père a crié:

— Mangez et ne posez pas de questions!

On a avalé nos pâtes sans poser de questions, avec du sel, mais ce n'était pas bon.

Au dessert, on a voulu avoir de la crème glacée, mais il n'y en avait plus. J'ai demandé à ma mère:

— Pourquoi n'y a-t-il pas de crème glacée?

— Il n'en restait plus au magasin.

C'était une réponse étrange, mais je n'ai rien dit. Mon père me faisait les gros yeux.

Ensuite, on a voulu des biscuits aux brisures de chocolat, mais le sac était vide.

— Pourquoi n'avez-vous pas acheté des biscuits?

Vraiment curieux! Il ne restait presque rien à manger. J'ai pensé à de bons beignes au sucre.

— Pourquoi n'avez-vous pas acheté des beignes?

Là, mon père s'est vraiment fâché. Il a bondi de sa chaise et m'a saisi par le bras. Puis, il m'a traîné jusque dans ma chambre comme un vieux sac de pommes de terre. Il avait des yeux effrayants et il parlait fort.

Josée et Lucie se sont mises à pleurer. Maman leur a demandé de se taire tout de suite. Mon père était furieux.

— Je ne veux pas te voir sortir de ta chambre avant demain matin! Ça t'apprendra à ne penser qu'à manger!

Il a claqué la porte et j'ai pleuré sur mon lit. Je ne comprenais pas pourquoi il m'avait serré le bras.

Plus tard, j'ai relu mes revues du Justicier Volant. J'ai remarqué une chose: quand les monstres attaquent la Terre, les yeux des hommes s'emplissent de peur.

Les yeux de mon père ressemblaient à ceux de ces hommes effrayés.

«Mon père a peur de la fin du monde, comme les hommes dans mes revues. C'est pour ça qu'il m'a serré le bras. Il ne s'est pas rendu compte de ce qu'il faisait. Ce sont les nerfs...»

Avant de m'endormir, j'ai fait de la buée sur la vitre et j'ai dessiné des galaxies. J'ai regardé au loin, dans la nuit étoilée. Mes yeux cherchaient mon héros, le Justicier Volant.

Le Justicier Volant laisse toujours une traînée lumineuse derrière lui quand il vole. On dirait une étoile filante. Mais je n'ai rien vu.

Tout à coup, j'ai cru apercevoir une ombre se glisser dans la ruelle.

C'était peut-être le Cobra

Atomique! Ou le Crapaud Suceur de sang! J'ai couru me cacher sous mes couvertures.

«Je dois protéger mes pauvres parents et mes petites soeurs. Il me faut le costume du Justicier Volant.»

4
Les paniers de Noël

Je pensais bien que les choses s'arrangeraient, mais ça ne va pas mieux. Il n'y a toujours pas de biscuits dans le garde-manger. Ni de crème glacée dans le congélateur. Ni de sauce à la viande sur nos spaghettis.

Ce matin, j'ai gratté le fond du pot de confiture de fraises. La petite cuillère a fait une musique triste, la musique de la fin des confitures. Nous n'avons pas d'autres pots.

Avant de partir pour l'école, je suis allé voir ma mère.

— Madame Lalonde nous a

demandé d'apporter des boîtes de conserve ce matin. On commence à faire nos paniers de Noël pour les pauvres.

Ma mère a eu un drôle d'air, puis elle a ouvert la porte du garde-manger. Elle m'a donné la dernière boîte de sardines.

Quand j'ai rejoint Benoît, j'ai vu qu'il avait un sac rempli de conserves. De la soupe, des raviolis, de la macédoine, du ragoût, alouette!

Je me suis senti triste et j'ai demandé à Benoît:

— Pourrais-tu me donner deux ou trois boîtes de conserve? En échange, je te donnerai dix cartes de hockey.

— Pourquoi veux-tu mes conserves?

J'ai regardé mes sardines et

j'ai murmuré:

— C'est parce que... j'ai honte. Une boîte de sardines, ce n'est pas assez... De quoi vais-je avoir l'air à côté de toi?

Benoît a fouillé dans son sac. Il m'a donné ses raviolis, ses poires et sa soupe au poulet et

aux nouilles.

— Tu garderas tes cartes de hockey, Ti-Louis.

Benoît est un vrai ami. Grâce à lui, je n'ai pas eu honte.

Dans la classe, on a empilé nos conserves. Ça faisait une grosse montagne! Madame Lalonde était fière de nous. Et nous étions contents pour les pauvres.

On a passé la matinée à préparer les paniers de Noël. On dit «panier» pour faire joli, mais en réalité, ce sont des boîtes de carton. Dans chacune, on a mis des conserves avec une carte pour les voeux de bonheur.

Ces boîtes de carton ont déjà servi à transporter des oranges de la Floride. Des oranges! Ça m'a fait penser aux enfants de l'ancien temps qui recevaient une orange pour Noël. Je me demande s'ils étaient heureux...

Moi, j'espère avoir le costume du Justicier Volant pour Noël. Je suis content de ne pas être né dans l'ancien temps.

Ce soir, comme tous les jeudis, j'irai acheter ma revue préférée. Je me demande qui va

attaquer la Terre aujourd'hui. Peut-être le Coyote Enflammé. Ou les Mâchoires de Métal. Ou le Squelette Maniaque.

J'en ai déjà des frissons...

5
Les mensonges

Mardi matin, mon ami Benoît avait un air étrange. Il voulait me confier un secret. Ça m'inquiétait et m'intriguait à la fois. Benoît m'a chuchoté à l'oreille:

— Hier, je suis allé chez le dentiste au centre commercial. J'ai vu un homme assis sur un banc... Un homme que tu connais...

— Un homme que je connais? Qui?

— Eh bien... euh... ton père...

— Mon père? Mais c'est impossible! Mon père travaille dans un bureau, au centre-ville!

Je le vois partir tous les matins!

— Louis, je te dis que j'ai vu ton père.

— Je ne te crois pas... C'est impossible... Tu t'es trompé...

À midi, au lieu d'aller manger chacun chez soi, on s'est rendus au centre commercial. Benoît marchait devant. Moi, je me cachais derrière lui pour ne pas être vu. Une fois sur place, on a exploré tous les recoins.

Soudain, mon coeur s'est arrêté net. J'ai vu mon père assis sur un banc. Il regardait dans le vide. C'était bien lui, mais on aurait dit un autre homme. Tout seul comme un chien galeux, il avait l'air découragé. J'ai eu peur.

— Vite! Allons-nous-en!

Nous sommes partis. J'étais

bouleversé. Pendant l'après-midi, j'ai mal travaillé à l'école. Je ne pensais qu'à mon pauvre père.

Vers dix-huit heures, mon père est rentré à la maison,

comme d'habitude. Il nous a embrassés. J'ai fait comme si de rien n'était.

— Salut, papa. As-tu passé une belle journée au bureau?

Il a regardé ma mère, puis il m'a répondu:

— Oui. Et toi? As-tu eu une belle journée à l'école?

J'ai fait signe que oui, mais j'avais vécu la pire journée de ma vie. Et la soirée a été aussi affreuse. Je n'arrivais pas à me concentrer sur mes devoirs. Je pensais aux mensonges de mon père.

Mon père voulait me faire croire qu'il travaillait. Mais, en réalité, il n'avait plus d'emploi. Et sans travail, on n'a pas d'argent.

Sans argent, on ne peut pas

avoir de crème glacée ni de biscuits. On ne peut pas mettre de sauce à la viande sur nos spaghettis. Parfois, on ne peut même pas avoir de maison, ni d'auto, ni de vêtements chauds.

Ni de cadeaux de Noël non plus.

Le lendemain, j'ai confié mon douloureux secret à Benoît:

— Ne le répète à personne, mais... chez nous... je crois que nous sommes pauvres...

La pauvreté était un monstre venu du ciel. Et le monstre attaquait ma famille. J'aurais voulu être le Justicier Volant.

6
Rêver à rien

Miracle! Lundi soir, il y avait des aliments dans le garde-manger et dans le réfrigérateur!

Beurre d'arachide, confitures, jus de fruits, bananes, beignes au sucre... Même une boîte de sauce à la viande pour les spaghettis!

On allait pouvoir manger. On avait faim. J'ai pensé que nous étions sauvés:

«La semaine prochaine, nous aurons un grand Noël!»

Mais en prenant mon bâton de hockey dans le hangar, j'ai compris que nous n'étions pas sauvés. J'ai vu trois boîtes vides au fond du hangar.

Trois boîtes qui avaient un jour servi à transporter des oranges de la Floride...

Mes parents avaient donc reçu des paniers de Noël! Ça expliquait pourquoi nous avions de la nourriture. Ce soir-là, dans mon lit, je me disais:

«Je suis pauvre. Je suis pauvre. Je suis pauvre...»

Je n'arrivais pas à y croire, mais, à force de le répéter, j'ai fini par m'en convaincre. Je me suis endormi pauvre et je n'ai rêvé à rien.

Le lendemain midi, je suis retourné au centre commercial pour en avoir le coeur net. J'ai encore vu mon père assis sur un banc.

Il avait l'air deux fois plus découragé que la semaine d'avant. Je me suis enfui en courant.

J'avais toujours cru que les pauvres vivaient dans les quartiers pauvres. Mais n'importe quel quartier du monde peut devenir un jour un quartier pauvre.

N'importe quelle maison peut être une maison de pauvres.

N'importe quelle galaxie peut être une galaxie de pauvres. Même la galaxie du Justicier Volant.

7
Un petit Noël

Aujourd'hui, c'était la dernière journée avant les vacances de Noël. Après l'école, mes amis voulaient aller au centre commercial. Il y a là toutes sortes de jeux amusants.

Au début, je ne voulais pas les accompagner. J'avais peur de rencontrer mon père. Et puis, je n'avais plus d'argent. Mais Benoît a insisté:

— Allez, Ti-Louis! Viens avec nous! C'est Noël! Je t'invite.

J'ai beaucoup hésité, mais j'ai accepté. Finalement, j'ai bien fait d'y aller, parce que je n'ai vu mon père nulle part.

Mes amis et moi, on a eu beaucoup de plaisir. On a joué au mississipi et aux quilles, puis on s'est promenés dans le petit train.

J'en ai profité pour aller chez le marchand de jouets. J'ai revu le costume du Justicier Volant et je me suis senti triste.

Au bout du centre commercial, il y avait un joli village avec de la neige en ouate. Le père Noël était assis sur un trône, près de la Fée des Étoiles. Mes amis ont crié:

— On y va! On va voir le père Noël! On va rire!

Quand mon tour est venu, je me suis assis sur les genoux du père Noël. Je voyais rigoler mes

amis, mais moi, je ne m'amusais pas.

J'avais une boule de tristesse dans la gorge. Le père Noël baissait les yeux, comme par timidité. Pourtant, sa grosse voix a tonné:

— Ho! Ho! Ho! Comment t'appelles-tu?

— Louis.

— Ho! Ho! Ho! Et as-tu été sage, Louis?

J'ai fait signe que oui, mais je désirais lui parler d'autre chose. C'était difficile. J'ai soupiré:

— Père Noël, je veux te dire un secret: chez nous, on est pauvres. J'aurais pu te demander le costume du Justicier Volant, mais je ne veux pas de cadeau. Je veux qu'on mange, c'est tout.

Le père Noël baissait les

yeux et ne disait rien. J'ai ajouté:

— Je veux un petit Noël.

La Fée des Étoiles m'a donné un suçon. J'ai compris que je devais laisser ma place à un autre enfant. Alors, j'ai rejoint mes amis.

— Qu'est-ce que tu lui as demandé? Quel cadeau veux-tu?

— Je lui ai demandé de la sauce à la viande pour mettre sur nos spaghettis.

Mes amis ont ri comme des fous. Ils étaient pliés en deux. Ils croyaient que c'était une blague et ils la trouvaient bonne. Benoît, lui, n'a même pas souri.

8
Le 25 décembre

Mes petites soeurs, Josée et Lucie, sont venues me réveiller.

— Lève-toi! C'est Noël! C'est Noël!

Je me suis frotté les yeux et je me suis levé.

Au salon, il y avait maman, agenouillée devant le sapin tout maigre. Elle replaçait des boules. Elle m'a souri et je l'ai embrassée.

— Joyeux Noël, maman.

— Joyeux Noël, mon garçon.

Il n'y avait pas de cadeaux sous le sapin, mais je m'en fichais. On était heureux quand

même et dehors il faisait beau.

— Papa n'est pas là?

— Il est allé déneiger l'auto, a répondu ma mère.

Tout à coup, on a entendu du bruit dans l'escalier. Quand la porte s'est ouverte, j'ai failli perdre connaissance.

Le père Noël! Le vrai! Avec sa tuque rouge, sa bedaine, son sac et sa barbe semblable à de la ouate!

— Ho! Ho! Ho! Salut, les enfants! Ho! Ho! Ho!

Pour la première fois, on voyait le père Noël chez nous! On était paralysés au milieu du salon, la bouche ouverte et les yeux ronds comme des billes. Je croyais rêver:

— C'est impossible! Ça ne se peut pas! Ce n'est pas vrai!

J'ai mieux regardé le père Noël et je l'ai reconnu. C'était le père Noël du centre commercial! Il s'est approché de mes soeurs pour leur donner des crayons de cire et des albums à colorier.

Puis, le père Noël s'est tourné vers moi.

— Salut, Ti-Louis! Ho! Ho! Ho!

Curieusement, il se souvenait de mon nom. Il a fouillé dans son sac et m'a donné un cadeau. Je l'ai développé et j'ai crié comme un fou. Le costume du Justicier Volant!

— Joyeux Noël! Ho! Ho! Ho! À l'année prochaine! Soyez bien sages!

Le père Noël est reparti et nous avons sauté de joie autour de notre mère. Je n'avais jamais été si excité.

J'ai chaussé les bottes à réaction et j'ai mis le masque argenté. J'ai passé la bague magique à mon doigt. Ma mère a attaché la cape rouge autour de mon cou.

C'est ainsi que je suis devenu le Justicier Volant!

Je volais dans la maison, la

cape au vent. Je n'avais plus peur de rien. J'étais devenu le plus fort du monde. J'aurais pu vaincre la Taupe Venimeuse, les Scies Filantes et l'Homme de Lave!

Tout à coup, on a encore entendu du bruit dans l'escalier. La porte s'est ouverte. Notre père revenait.

— Papa! Papa! Où étais-tu?

— Euh... À l'épicerie, au coin de la rue...

— Le père Noël est venu! Le père Noël est venu!

Je volais d'un fauteuil à l'autre, laissant une traînée lumineuse derrière moi. Soudain, j'ai remarqué une chose étrange.

— Papa, tu as un bout d'ouate dans les cheveux.

Ma mère le lui a enlevé et mon

père est devenu rouge comme ma cape. Il baissait les yeux, ne sachant plus quoi dire. Le bout d'ouate ressemblait à la barbe du père Noël.

J'ai regardé mon père dans les yeux et je lui ai demandé:

— Papa... Est-ce que c'était

toi le père Noël?

Il y a eu un silence dans le salon. Ma mère et mes soeurs ne bougeaient plus. Mon père s'est approché de moi.

— Et toi, Louis, es-tu le Justicier Volant?

Je ne savais plus du tout quoi répondre à mon père. D'un côté, j'étais le Justicier Volant, mais en même temps, je restais Louis.

Alors, ma mère s'est exclamée:

— Le Justicier Volant est le fils du père Noël!

Épilogue

Les mois ont passé depuis Noël et j'aime toujours mon costume comme un fou. La nuit, je vole dans le ciel, au-dessus des maisons. Ma cape rouge est incroyablement belle dans le vent.

Grâce à ma bague magique, j'ai du courage et une force surhumaine. Je n'ai peur de rien, pas même du Scorpion Ailé, ni du Requin Missile, ni de la Grenouille Carnivore!

Je suis le plus fort de l'univers! J'ai recommencé à manger des spaghettis avec de la sauce à la viande. Mes petites soeurs rient comme avant et ma mère est rayonnante. Il faut dire que mon père a enfin trouvé du travail.

Le Justicier Volant veille sur eux. Ils peuvent dormir sur leurs deux oreilles. Quand on est heureux, on dirait que c'est Noël tous les jours.

Table des matières

Achevé d'imprimer
sur les presses de Litho Acme Inc.